OEUVRES

DE

J.-B. P. DE MOLIÈRE

LA COMTESSE D'ESCARBAGNAS

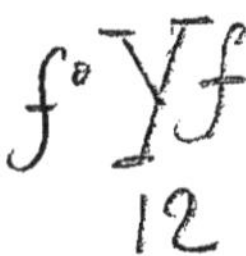

JUSTIFICATION DU TIRAGE

Il a été fait pour les Amateurs un tirage spécial sur papier de luxe à 550 exemplaires, numérotés à la presse.

			NUMÉROS
125 exemplaires	sur papier du Japon.	1 à 125
75	—	sur papier de Chine.	126 à 200
150	—	sur papier Vélin à la cuve.	201 à 350
200	—	sur papier Vergé de Hollande.	351 à 550

OEUVRES

DE

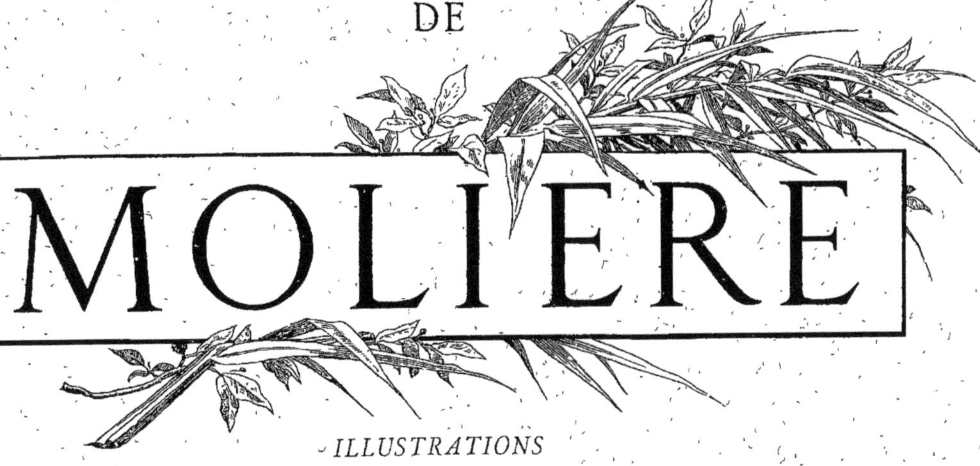

MOLIERE

ILLUSTRATIONS

PAR

MAURICE LELOIR *fils*

LA COMTESSE D'ESCARBAGNAS

PARIS

CHEZ ÉMILE TESTARD, ÉDITEUR

18, RUE DE CONDÉ, 18

—

M DCCC XCVI

OEUVRES

DE

MOLIERE

ILLUSTRATIONS

PAR

MAURICE LELOIR

NOTICE

PAR

T. DE WYZEWA

LA COMTESSE D'ESCARBAGNAS

PARIS

CHEZ ÉMILE TESTARD, ÉDITEUR

18, RUE DE CONDÉ, 18

M D CCC XCVI

NOTICE
SUR
LA COMTESSE D'ESCARBAGNAS

E livret du « *Ballet des Ballets,* dancé devant sa Majesté en son chateau de Saint Germain en Laye, au mois de décembre 1671, » s'ouvre par l'avis suivant, qui contient en résumé toute l'histoire de la *Comtesse d'Escarbagnas* :

« Le Roy, qui ne veut que des choses extraordinaires dans tout ce qu'il entreprend, s'est proposé de donner un Divertissement à Madame, à son arrivée à la Cour, qui fust composé de tout ce que le Théâtre peut avoir de plus beau : et pour répondre à cette idée, Sa Majesté a choisi tous les plus beaux endroits des Divertissemens qui se sont représentés devant Elle depuis plusieurs années, et ordonné à Molière de faire une Comédie qui enchaisnast tous ces beaux morceaux de musique et de dance, afin que ce pompeux et magnifique avantage de tant de choses différentes puisse fournir le plus beau spectacle qui se soit encore veu pour la Salle et le Théâtre de Saint-Germain-en-Laye. »

La « comédie » qui fut commandée à Molière pour « enchaisner tous ces beaux morceaux de musique et de dance », c'est la petite pièce connue aujourd'hui sous le nom de *la Comtesse d'Escarbagnas*. Ou plutôt cette petite pièce n'est qu'une partie de la « comédie » composée par

Molière à l'occasion des fêtes de Saint-Germain-en-Laye. Elle forme deux actes d'un ensemble qui en avait sept, et dont les cinq autres, malheureusement, ne nous ont pas été conservés. Ces cinq actes perdus se trouvaient intercalés, suivant toute vraisemblance, entre les scènes VII et VIII de la *Comtesse d'Escarbagnas* telle que nous la connaissons aujourd'hui : ou peut-être n'y en avait-il que deux ou trois intercalés à cet endroit, et le reste était-il représenté après la dernière scène de la petite comédie.

Nous savons du moins, par le même livret du *Ballet des Ballets*, imprimé chez Robert Ballard, en 1671, que les cinq actes qui nous manquent constituaient une *Pastorale*, dont voici les rôles, avec les noms des acteurs qui en étaient chargés :

La Nymphe	Mlle DE BRIE.
La Bergère en homme	Mlle MOLIÈRE.
La Bergère en femme	Mlle MOLIÈRE.
L'Amant berger	LE SIEUR BARON.
Premier Pastre	LE SIEUR MOLIÈRE.
Second Pastre	LE SIEUR DE LA THORILLIÈRE.
Le Turc	LE SIEUR MOLIÈRE.

Encore cette *Pastorale,* intercalée, dans la comédie, avait-elle surtout elle-même pour objet « d'enchaisner » les divers tableaux du *Ballet des Ballets.* Et nous trouvons, dans le livret de 1671, une description détaillée de tous ces tableaux, qui nous permet de voir quels étaient, dans les pièces à spectacle précédentes de Molière, les endroits que Louis XIV estimait « les plus beaux ». Il y avait d'abord un prologue, composé du premier intermède des *Amans Magnifiques* et des chants et danses du prologue de *Psiché.* Puis venaient : après le premier acte, la *Plainte,* premier intermède de *Psiché ;* après le deuxième acte, les *Magiciens,* nom donné ici à la *Cérémonie Magique* de la *Pastorale comique ;* après le troisième acte, le *Combat de l'Amour et de Bacchus,* troisième intermède de *George Dandin ;* après le quatrième, les *Bohémiens,* ballet tiré en partie de la *Pastorale comique,* en partie du second intermède de *Psiché ;* après le cinquième acte, la *Cérémonie turque* du *Bourgeois Gentilhomme ;* après le sixième les *Italiens* et les *Espagnols* du *Ballet des Nations ;* après le septième, l'intermède final de *Psiché.*

Tel était le programme complet du spectacle offert par le roi à sa nouvelle belle-sœur, Madame, la princesse Palatine, qui venait d'épouser Philippe d'Orléans. Le couple princier était arrivé à Saint-Germain le 1er décembre; et Mlle de Montpensier raconte, dans ses *Mémoires*, que le lendemain dans la soirée « il y eut un ballet que l'on avoit fait de plusieurs entrées ».

C'est en effet le 2 décembre 1671 que furent donnés pour la première fois la *Comtesse d'Escarbagnas*, la *Pastorale* et le *Ballet des Ballets*. Leur succès fut si vif que la troupe de Molière les donna trois autres fois, à quelques jours d'intervalle, et qu'elle dut même revenir de Paris à Saint-Germain, au mois de janvier de l'année suivante, pour encore les donner trois fois. Tous les témoins, d'ailleurs, sont unanimes à louer « le plus magnifique spectacle qu'on eût encore jamais vu à la Cour ». Qu'il nous suffise de citer ici deux d'entre ces témoins : le diplomate Beck, agent de l'électeur de Brandebourg, qui rapporte à son maître que « le Roy a fait danser un beau ballet », précédé « d'une comédie contre les Hollandois »; et Robinet, l'admirable Robinet, qui écrit, dans sa *Lettre en vers* du 20 février 1672, après avoir appelé le *Ballet des Ballets* « une pompeuse rapsodie » :

> *Au reste Molière l'unique,*
> *Molière, lequel fait la nique*
> *Par son comique à tous auteurs,*
> *Y joue, avec tous les acteurs*
> *Qui composent sa compagnie,*
> *Une pièce de son génie,*
> *Qui, pleine de gais agrémens,*
> *Fait des susdits pompeux fragmens*
> *Toute la liaison et l'âme,*
> *Je vous assure, en belle gamme.*

Le dernier vers, à lui seul, suffirait pour nous justifier d'avoir reproduit ce passage : et nous y voyons en outre comment, pour les contemporains de Molière, la *Comtesse d'Escarbagnas* n'était qu'une façon de prologue ou même un simple cadre, tandis que la « pièce » véritable était cette *Pastorale* dont il ne nous reste pas le moindre fragment. C'est en effet dans la *Pastorale* seulement que jouaient Molière, sa femme, et les principaux acteurs « qui composaient sa compagnie »; et voici, d'après le livret du *Ballet des Ballets*, les noms des acteurs qui tenaient les rôles de la « comédie » :

Le vicomte.	LE SIEUR DE LA GRANGE.
La comtesse	Mlle MAROTTE.
La suivante.	BONNEAU.
Le petit comte.	LE SIEUR GAUDON.
Le précepteur du petit comte	LE SIEUR DE BEAUVAL.
Le laquais	FINET.
La marquise	Mlle DE BEAUVAL.
Le conseiller	LE SIEUR HUBERT.
Le receveur des tailles	LE SIEUR DU CROISY.
Le laquais du conseiller.	BOULONNOIS.

Au Palais-Royal aussi, lorsqu'il y transporta la *Comtesse d'Escarbagnas*, Molière en fit simplement un cadre pour d'autres pièces. Du 8 juillet au 7 août 1672, il l'y donna quatorze fois accompagnée du *Mariage Forcé*; le 7 et le 9 octobre, ce furent les *Médecins*, en d'autres termes l'*Amour Médecin*, qu'il intercala dans la *Comtesse d'Escarbagnas;* et deux fois même, le 4 et le 6 novembre, il y intercala une farce dont sans doute il n'était point l'auteur, ce *Fin Lourdaud* qui a donné lieu a tant de conjectures diverses.

Molière, d'ailleurs, attachait si peu d'importance à ces quelques scènes hâtivement improvisées, que jamais il n'a pris la peine de les faire imprimer : elles ont paru pour la première fois neuf ans après sa mort, dans l'édition de ses *Œuvres posthumes,* publiée en 1682 par La Grange et Vinot. Et de cette indifférence qu'il témoignait pour sa comédie on a même été jusqu'à conclure que la *Comtesse d'Escarbagnas* était peut-être une des anciennes farces de son répertoire de province, revue et remaniée pour la circonstance. Oui, cette hypothèse a trouvé des partisans, pour monstrueuse qu'elle doive paraître à tout lecteur un peu réfléchi ! Des moliéristes se sont trouvés qui ont vu dans la *Comtesse d'Escarbagnas* une œuvre contemporaine du *Médecin volant* et du *Barbouillé !* Pourquoi aurait-il placé l'action de sa pièce à Angoulême, s'il ne s'agissait pas d'une pièce écrite précisément durant son séjour dans cette ville ? Voilà ce qu'on a dit, le plus sérieusement du monde : et l'on a, bien entendu, découvert que les personnages de la *Comtesse d'Escarbagnas* répondaient trait pour trait à des notabilités angoumoises. La comtesse, par exemple, aurait eu pour modèle une certaine comtesse Sarah de Pérusse, fille du comte d'Escars et femme du comte de Baignac. Escars-Baignac, n'est-ce point presque Escarbagnas ? Il est vrai qu'une autre découverte du même genre affaiblit légèrement l'effet de celle-là : car on s'est avisé aussi que le précepteur Bobinet était la caricature d'un savant ecclésiastique, le docteur Charles Gobinet, principal du collège de Plessis-Sorbonne, qui, dit-on, se serait « déchaisné contre la comédie ». Mais outre que le docteur Gobinet était de Paris, et non point d'Angoulême, et que Molière assurément n'avait pu le connaître à l'époque de ses tournées en province, M. Paul Mesnard nous affirme que pas une ligne de ses écrits ne contient la moindre attaque contre la comédie. Et puis enfin, de Gobinet à Bobinet, il n'y a que la différence d'une lettre : mais ne sent-on pas combien cette différence est profonde ! Quand Molière aurait vraiment connu le nom du docteur de Sorbonne, il n'en aurait pas eu moins besoin de tout son génie comique pour inventer *Monsieur Bobinet*.

Ce n'est pas à Angoulême, durant sa jeunesse vagabonde, mais à Paris, et dans les derniers mois de l'année 1671, que Molière a écrit sa *Comtesse d'Escarbagnas*. Désirant en faire une satire des mœurs de province, force lui a donc été d'en placer l'action en province : mais d'imaginer qu'il a dirigé sa pièce contre les notables angoumois, autant vaudrait admettre avec l'Allemand Beck, qu'il l'a dirigée « contre les Hollandois », puisqu'en effet le vicomte, dans la première scène, parle à Julie de « toutes les sottises de la *Gazette de Hollande* ».

Comme les *Fourberies de Scapin*, la *Comtesse d'Escarbagnas* est une improvisation : mais bien plus clairement encore que les *Fourberies de Scapin* elle porte sa date ; et il n'y a pas une phrase de ses neuf scènes qui n'atteste un génie naturel mûri par des années d'expérience et de réflexion. C'est même à ce point de vue surtout que la *Comtesse d'Escarbagnas* nous paraît tenir une place à part dans l'œuvre de Molière. Elle est, en quelque sorte, le *spécimen* le plus parfait de sa dernière manière, d'autant plus parfait qu'il est plus spontané, et que nulle préoccupation d'un idéal supérieur n'est venue s'y mêler, et nul souci non plus d'un résultat matériel. Les *Fourberies de Scapin* sont une farce, écrite pour provoquer de gros rires, et pour amener de grosses recettes. Les *Femmes Sçavantes* sont une comédie en vers, une œuvre d'une haute portée littéraire, et où le poète avait à se souvenir d'anciennes traditions. Reste le *Malade Imaginaire* : et de fait nous y retrouvons le même tour de pensée, et le même tour d'expression, que dans la *Comtesse d'Escarbagnas* : mais là encore, il s'agit d'offrir aux spectateurs une farce qui les fasse bien rire ;· tandis que la *Comtesse d'Escarbagnas*, dans la pensée de Molière, n'était, pour ainsi dire, rien du tout : un prétexte quelconque à une pastorale et à des ballets. Et il en est résulté que, sans se soucier de combiner une intrigue, ni d'accumuler des plaisanteries, Molière y a simplement esquissé un tableau, un de ces tableaux de mœurs où il excellait, et que, dans la plupart de ses pièces, il a dû sacrifier à des nécessités théâtrales. Seule peut-être avec l'*Impromptu de Versailles* et la *Critique de l'Ecole des Femmes*, qui sont à peine des pièces, la *Comtesse d'Escarbagnas* est une pièce sans intrigue. Et de là vient que, mieux que dans aucune autre, nous pouvons nous y rendre compte de ce qu'était devenue, aux dernières années de sa vie, sa manière naturelle de penser et d'écrire.

Ouvrons au hasard la *Comtesse d'Escarbagnas*, prenons tel des personnages qui nous tombera sous les yeux, Tibaudier le conseiller, Harpin le receveur, le précepteur Bobinet, ou les deux domestiques. Aux premiers mots qu'ils disent, tout leur caractère se découvre à nous; et à peine les avons-nous entrevus qu'il nous semble les connaître à fond, avec leur figure et leurs sentiments, jusque dans les moindres détails de leur physionomie matérielle et morale. Et c'est là en effet un des traits du génie de Molière qui se sont le plus manifestement développés aux dernières années de sa vie. C'est dans ses dernières pièces surtout que ses personnages sont de véritables *personnes*, plus encore que des *types*, et qu'indépendamment de leur rôle dans l'action ils nous apparaissent avec une nature concrète et vivante. Ainsi Vadius et son valet, Henriette, Chrysale, dans les *Femmes Sçavantes ;* ainsi, dans le *Malade Imaginaire*, Monsieur Purgon, Thomas Diafoyrus, le notaire Bonnefoy, et la petite Louison. En outre du rôle qu'ils jouent dans la comédie, ils ont une individualité plus ample, et en quelque sorte plus humaine, que les personnages les plus parfaits des pièces précédentes. A tout instant ce sont dans leur conduite et dans leurs paroles des traits qui n'ont rien à voir avec le sens général de la pièce, mais qui nous les font paraître plus réels, de vrais hommes semblables à nous. Et c'est comme si, sous les différences extérieures, Molière eût sans cesse découvert davantage le grand fonds d'humanité qui nous est commun.

Sans cesse davantage, en tout cas, il s'est montré indulgent, et sans cesse sa colère s'est tempérée davantage d'un sourire méprisant et doux. On dirait qu'à étudier les hommes de plus près, ils lui sont tous apparus plus ridicules que méchants, et que du meilleur au plus malfaisant il n'a plus vu, en fin de compte, qu'une différence de degré. De Monsieur Purgon lui-même il a fait un brave homme; et sans doute il a dû avoir de forts motifs personnels pour charger Trissotin de si noires couleurs. Dans la *Comtesse d'Escarbagnas*, tous les personnages sont à la fois excellents et grotesques. Harpin, seul, a mauvais caractère : mais comme nous sentons que l'auteur lui pardonne, à lui aussi, avant de le congédier! C'est désormais chez lui une tendance constante : le ton de sa satire a définitivement changé. Il continue de railler, et jamais même sa raillerie n'est allée plus à fond : mais il raille désormais sans espoir de rien corriger; et au lieu d'insister il passe, avec une indulgence mêlée de découragement.

Mais nulle part le changement n'est aussi sensible que dans le style. De pièce en pièce, pour ainsi dire, le style de Molière devient plus élégant à la fois et plus simple jusqu'à ce qu'enfin, dans les *Fourberies de Scapin* et dans le *Malade Imaginaire*, il atteigne à une aisance si merveilleuse, qu'il n'y a pas un mot qui ne semble trouvé sans effort, et qui ne nous donne en même temps l'impression d'être le seul convenable. Et tel il est, au plus haut degré, dans la *Comtesse d'Escarbagnas* : le style le plus naturellement classique qui soit, enjoué, rapide, plein de tours imprévus dans sa limpidité, un style qui fait songer tout ensemble à La Bruyère et à Voltaire. Il suffirait à lui seul, pour mettre la *Comtesse d'Escarbagnas* au premier rang de notre littérature dramatique.

Ce rang, d'ailleurs, revient de plein droit au petit impromptu. Un bienheureux hasard nous a permis d'avoir, dans ces quelques scènes, un témoignage incomparable de ce qu'était, en quelque sorte, *au naturel*, le génie de Molière, durant la dernière période de sa courte vie. Et le même hasard nous a permis encore d'avoir une preuve de ce qu'aurait pu faire Molière dans un genre où les circonstances l'ont empêché de s'essayer plus à fond : car déjà la *Comtesse d'Escarbagnas* est une pure comédie de mœurs, et c'est d'elle que dérive directement ce *Turcaret* de Le Sage, qui lui-même a donné lieu à des imitations si diverses. Turcaret, c'est un mélange de M. Harpin et de M. Tibaudier. Mais combien l'esquisse de

Molière est plus forte, et d'une vérité plus profonde, que la peinture que Le Sage a exécutée d'après elle! Tout un coin de la vie de province y est évoqué sous nos yeux, avec une netteté de lignes, une discrétion dans la touche, que pas une de nos œuvres réalistes n'a égalées depuis lors. Et l'on comprend que Boileau, qui méprisait les *Fourberies de Scapin*, ait au contraire beaucoup admiré une pièce où il devait voir quelque chose comme une *Satire* du genre des siennes, mais traitée par un peintre, et un peintre de génie. « M. Despréaux, nous rapporte Brossette, estime beaucoup la plupart des petites pièces de Molière, surtout sa *Critique de l'Ecole des Femmes*. Il m'a cité aussi la *Comtesse d'Escarbagnas*. »

T. DE WYZEWA.

LA
COMTESSE
D'ESCARBAGNAS
COMEDIE

LA COMTESSE D'ESCARBAGNAS.

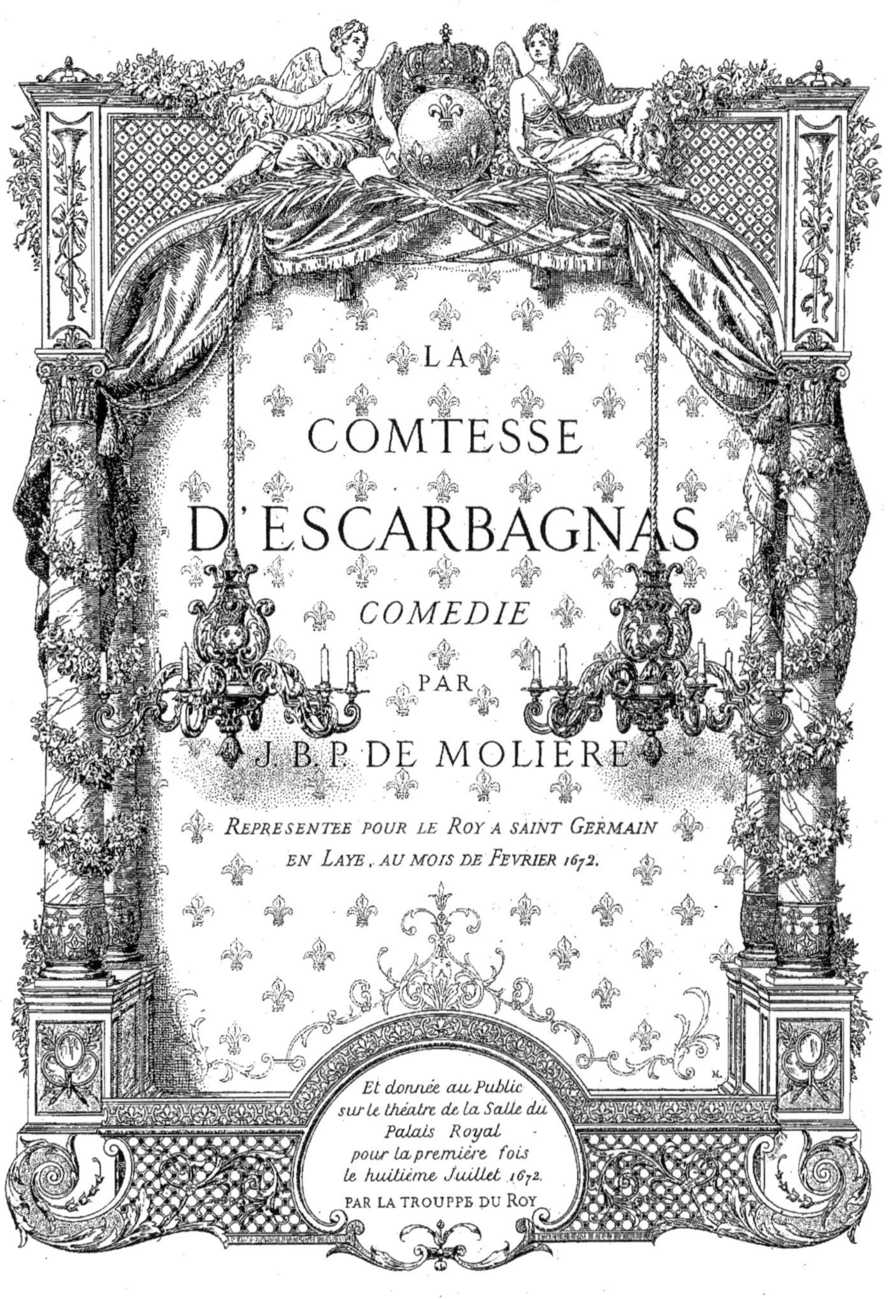

LA
COMTESSE
D'ESCARBAGNAS
COMEDIE
PAR
J. B. P. DE MOLIERE
REPRESENTEE POUR LE ROY A SAINT GERMAIN
EN LAYE, AU MOIS DE FEVRIER 1672.
Et donnée au Public
sur le théatre de la Salle du
Palais Royal
pour la première fois
le huitiéme Juillet 1672.
PAR LA TROUPPE DU ROY

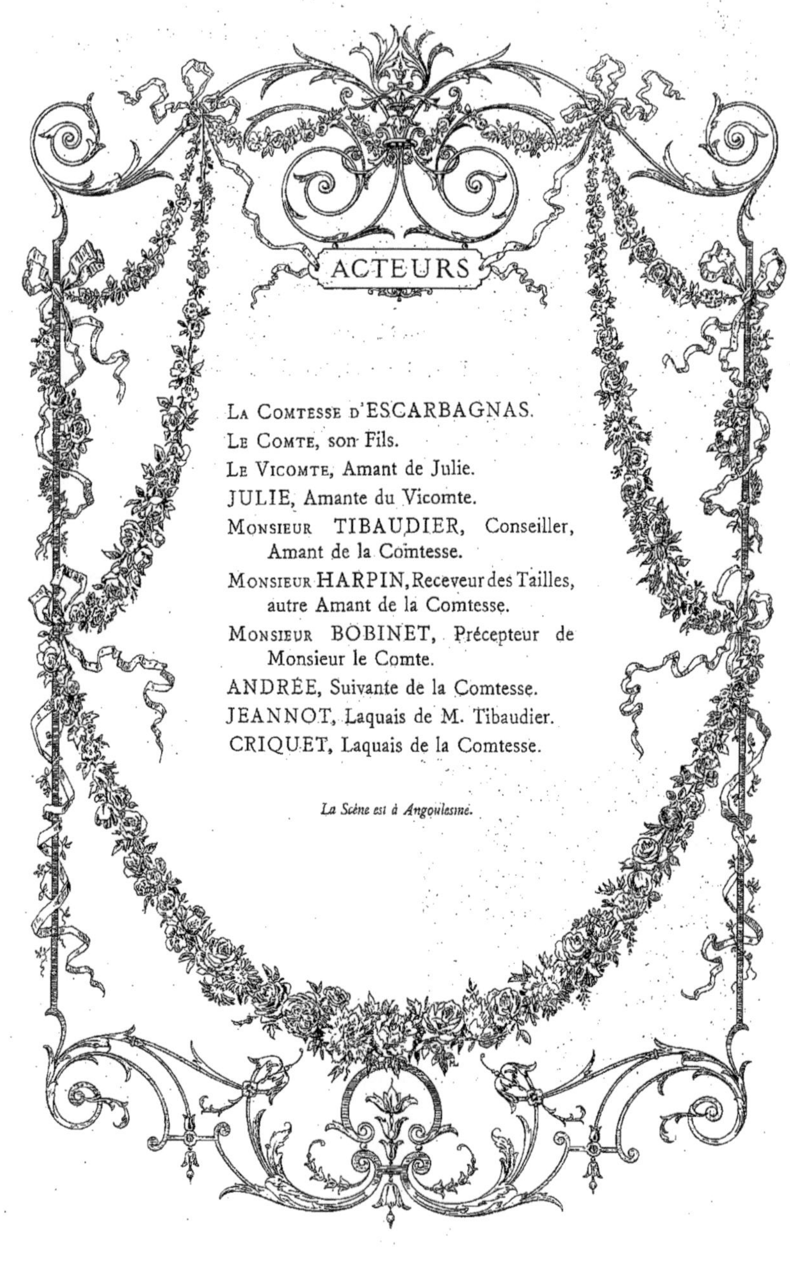

LA COMTESSE D'ESCARBAGNAS.

LE COMTE, son Fils.

LE VICOMTE, Amant de Julie.

JULIE, Amante du Vicomte.

MONSIEUR TIBAUDIER, Conseiller, Amant de la Comtesse.

MONSIEUR HARPIN, Receveur des Tailles, autre Amant de la Comtesse.

MONSIEUR BOBINET, Précepteur de Monsieur le Comte.

ANDRÉE, Suivante de la Comtesse.

JEANNOT, Laquais de M. Tibaudier.

CRIQUET, Laquais de la Comtesse.

La Scène est à Angoulesme.

SCÈNE PREMIÈRE

JULIE, LE VICOMTE

LE VICOMTE

È quoy, Madame, vous estes déjà icy ?

JULIE

Ouy. Vous en devriez rougir, Cléante, et il n'est guère honneste à un Amant de venir le dernier au rendez-vous.

LE VICOMTE

Je serois icy il y a une heure, s'il n'y avoit point de

XXIX.

fâcheux au monde, et j'ay esté arresté en chemin par
un vieux importun de qualité, qui m'a demandé, tout
exprès, des nouvelles de la Cour, pour trouver moyen
de m'en dire des plus extravagantes qu'on puisse débi-
ter ; et c'est là, comme vous sçavez, le fléau des petites
Villes que ces grands Nouvellistes, qui cherchent par
tout où répandre les contes qu'ils ramassent.

Celuy-cy m'a montré d'abord deux feüilles de
papier, pleines, jusques aux bords, d'un grand fatras
de balivernes, qui viennent, m'a-t-il dit, de l'endroit le
plus seur du monde. En suite, comme d'une chose fort
curieuse, il m'a fait, avec grand mystère, une fatigante
lecture de toutes les méchantes plaisanteries de la
Gazette de Hollande, dont il épouse les intérests. Il tient
quë la France est bâtuë en ruine par la plume de cet
Ecrivain, et qu'il ne faut que ce bel esprit pour défaire
toutes nos Trouppes, et de là s'est jetté, à corps perdu,
dans le raisonnement du Ministère, dont il remarque
tous les défauts, et d'où j'ay creu qu'il ne sortiroit
point.

A l'entendre parler, il sçait les secrets du Cabinet,
mieux que ceux qui les font. La politique de l'Estat
luy laisse voir tous ses desseins, et elle ne fait pas un
pas dont il ne pénètre les intentions. Il nous apprend
les ressorts cachez de tout ce qui se fait, nous découvre
les veues de la prudence de nos voisins, et remue, à

sa fantaisie, toutes les affaires de l'Europe. Ses intelli-
gences mesmes s'étendent jusques en Afrique et en Asie,
et il est informé de tout ce qui s'agite dans le Conseil
d'en haut du Prête-Jean et du grand Mogol.

JULIE

Vous parez votre excuse du mieux que vous pouvez,
afin, de la rendre agréable, et faire qu'elle soit plus
aisément reçeuë.

LE VICOMTE

C'est-là, belle Julie, la véritable cause de mon
retardement, et, si je voulois y donner une excuse
galante, je n'aurois qu'à vous dire que le rendez-vous
que vous voulez prendre peut authoriser la paresse dont
vous me querellez ; que m'engager à faire l'Amant de
la Maistresse du logis, c'est me mettre en estat de
craindre de me trouver icy le premier ; que cette feinte,
où je me force, n'estant que pour vous plaire, j'ay lieu
de ne vouloir en souffrir la contrainte que devant les
yeux qui s'en divertissent ; que j'évite le teste à teste
avec cette Comtesse ridicule, dont vous m'embarrassez,
et, en un mot, que, ne venant icy que pour vous, j'ay
toutes les raisons du monde d'attendre que vous y
soyez.

JULIE

Nous sçavons bien que vous ne manquerez jamais

d'esprit pour donner de belles couleurs aux fautes que vous pourrez faire. Cependant, si vous estiez venu une demie-heure plûtôt, nous aurions profité de tous ces momens ; car j'ay trouvé, en arrivant, que la Comtesse étoit sortie, et je ne doute point qu'elle ne soit allée par la Ville se faire honneur de la Comédie que vous me donnez sous son nom.

LE VICOMTE

Mais, tout de bon, Madame, quand voulez-vous mettre fin à cette contrainte, et me faire moins acheter le bon-heur de vous voir ?

JULIE

Quand nos Parens pourront estre d'accord, ce que je n'ose espérer. Vous sçavez, comme moy, que les démeslez de nos deux familles ne nous permettent point de nous voir autrepart; et que mes Frères, non plus que vostre Père, ne sont pas assez raisonnables pour souffrir nostre attachement.

LE VICOMTE

Mais pourquoy ne pas mieux jouir du rendez-vous que leur inimitié nous laisse, et me contraindre à perdre, en une sotte feinte, les momens que j'ay près de vous ?

JULIE

Pour mieux cacher nostre amour. Et puis, à vous

dire la vérité, cette feinte dont vous parlez m'est une Comédie fort agréable, et je ne sçay si celle que vous nous donnez aujourd'huy me divertira davantage. Nostre Comtesse d'Escarbagnas, avec son perpétuel entestement de Qualité, est un aussi bon personnage qu'on en puisse mettre sur le Théâtre. Le petit voyage qu'elle a fait à Paris l'a ramenée dans Angoulesme plus achevée qu'elle n'estoit. L'approche de l'air de la Cour a donné à son ridicule de nouveaux agrémens, et sa sottise, tous les jours, ne fait que croistre et embellir.

LE VICOMTE

Oüy; mais vous ne considérez pas que le jeu, qui vous divertit, tient mon cœur au supplice, et qu'on n'est point capable de se joüer long-temps, lors qu'on a dans l'esprit une passion aussi sérieuse que celle que je sens pour vous. Il est cruel, belle Julie, que cet amusement dérobe à mon amour un tems qu'il voudroit employer à vous expliquer son ardeur ; et, cette nuit, j'ay fait là-dessus quelques Vers que je ne puis m'empescher de vous réciter, sans que vous me le demandiez, tant la démangeaison de dire ses ouvrages est un vice attaché à la qualité de Poëte :

C'est trop long-temps, Iris, me mettre à la torture.

Iris, comme vous le voyez, est mis là pour Julie.

C'est trop long-temps, Iris, me mettre à la torture;
Et si je suy vos loix, je les blâme tout bas
De me forcer à taire un tourment que j'endure;
Pour déclarer un mal que je ne ressens pas.
Faut-il que vos beaux yeux, à qui je rends les armes,
Veuïlle se divertir de mes tristes soûpirs?
Et n'est-ce pas assez de souffrir pour vos charmes
Sans me faire souffrir encor pour vos plaisirs?
C'en est trop à la fois que ce double martyre;
Et ce qu'il me faut taire, et ce qu'il me faut dire,
Exerce sur mon cœur pareille cruauté.
L'amour le met en feu, la contrainte le tüë;
Et, si par la pitié vous n'estes combattuës,
Je meurs et de la feinte et de la vérité.

JULIE

Je vois que vous vous faites-là bien plus mal traité que vous n'estes; mais c'est une licence que prennent Messieurs les Poëtes, de mentir de gayeté de cœur, et de donner à leurs Maistresses des cruautez qu'elles n'ont pas, pour s'accommoder aux pensées qui leur peuvent venir. Cependant, je seray bien aise que vous me donniez ces Vers par écrit.

LE VICOMTE

C'est assez de vous les avoir dits, et je dois en demeurer là. Il est permis d'estre parfois assez fou pour faire des Vers, mais non pour vouloir qu'ils soient veus.

JULIE

C'est en vain que vous vous retranchez sur une fausse modestie. On sçait, dans le monde, que vous avez de l'esprit ; et je ne voy pas la raison qui vous oblige à cacher les vostres.

LE VICOMTE

Mon Dieu, Madame, marchons là-dessus, s'il vous plaist, avec beaucoup de retenuë. Il est dangereux, dans le monde, de se mesler d'avoir de l'esprit ! Il y a là-dedans un certain ridicule qu'il est facile d'attrapper, et nous avons de nos amis qui me font craindre leur exemple.

JULIE

Mon Dieu, Cléante, vous avez beau dire. Je vois, avec tout cela, que vous mourez d'envie de me les donner, et je vous embarrasserois si je faisois semblant de ne m'en pas soucier.

LE VICOMTE

Moy, Madame ? Vous vous mocquez, et je ne suis pas si Poëte que vous pourriez croire pour... Mais voicy vostre Madame la Comtesse d'Escarbagnas. Je sors par l'autre porte pour ne la point trouver, et vais disposer tout mon monde au divertissement que je vous ay promis.

SCÈNE II

LA COMTESSE, JULIE

LA COMTESSE

Ah, mon Dieu! Madame, vous voilà toute seule ? Quelle pitié est-ce-là ? Toute seule! Il me semble que mes gens m'avoient dit que le Vicomte estoit icy.

JULIE

Il est vray qu'il y est venu; mais c'est assez pour luy de sçavoir que vous n'y estiez pas, pour l'obliger à sortir.

LA COMTESSE

Comment, il vous a veue ?

JULIE

Ouy.

LA COMTESSE

Et il ne vous a rien dit ?

JULIE

Non, Madame, et il a voulu témoigner par-là qu'il est tout entier à vos charmes.

LA COMTESSE

Vrayment, je le veux quereller de cette action. Quelque amour que l'on ait pour moy, j'ayme que ceux qui m'ayment rendent ce qu'ils doivent au Sexe, et je ne suis point de l'humeur de ces femmes injustes, qui s'applaudissent des incivilitez que leurs Amans font aux autres belles.

JULIE

Il ne faut point, Madame, que vous soyez surprise de son procédé. L'amour que vous luy donnez éclate dans toutes ses actions, et l'empesche d'avoir des yeux que pour vous.

LA COMTESSE

Je croy estre en estat de pouvoir faire naistre une passion assez forte, et je me trouve pour cela assez de beauté, de jeunesse, et de qualité, Dieu mercy; mais cela n'empesche pas qu'avec ce que j'inspire, on ne puisse garder de l'honnesteté, et de la complaisance pour les autres. — Que faites-vous donc là, Laquais ? Est-ce qu'il n'y a pas une antichambre où se tenir, pour venir quand on vous appelle ? Cela est étrange qu'on ne puisse avoir, en Province, un Laquais qui sçache son monde. A qui est-ce donc que je parle ? Voulez-vous vous en aller là dehors, petit fripon ? — Filles, approchez.

ANDRÉE

Que vous plaist-il, Madame ?

LA COMTESSE

Ostez-moy mes coëffes. Doucement donc, mal-à-droite ; comme vous me saboulez la teste avec vos mains pesantes !

ANDRÉE

Je fais, Madame, le plus doucement que je puis.

LA COMTESSE

Oüy ; mais le plus doucement que vous pouvez est fort rudement pour ma teste, et vous me l'avez débois-tée. — Tenez encore ce manchon ; ne laissez point traisner tout cela, et portez-le dans ma garde-robbe. — Hé bien, où va t'elle, où va t'elle ? Que veut-elle faire, cet oyson bridé ?

ANDRÉE

Je veux, Madame, comme vous m'avez dit, porter cela aux garde-robbes.

LA COMTESSE

Ah, mon Dieu, l'impertinente ! — Je vous demande pardon, Madame. — Je vous ay dit ma garde-robbe, grosse beste, c'est à dire où sont mes habits.

ANDRÉE

Est-ce, Madame, qu'à la Cour une armoire s'appelle une garde-robbe ?

LA COMTESSE

Oüy, butorde ; on appelle ainsi le lieu où l'on met les habits.

ANDRÉE

Je m'en resouviendray, Madame, aussi bien que de vostre grenier, qu'il faut appeller garde-meuble.

LA COMTESSE

Quelle peine il faut prendre pour instruire ces animaux-là !

JULIE

Je les trouve bien-heureux, Madame, d'estre sous vostre discipline.

LA COMTESSE

C'est une fille de ma Mère nourrice que j'ay mise à la chambre, et elle est toute neuve encore.

JULIE

Cela est d'une belle âme, Madame, et il est glorieux de faire ainsi des créatures.

LA COMTESSE

Allons ! des sièges ! — Holà, Laquais, Laquais, Laquais! — En vérité, voilà qui est violent, de ne pouvoir pas avoir un Laquais pour donner des sièges. Filles, Laquais, Laquais, Filles, quelqu'un! — Je pense que tous mes gens sont morts, et que nous serons contraintes de nous donner des sièges nous mesmes.

ANDRÉE

Que voulez-vous, Madame ?

LA COMTESSE

Il se faut bien égosiller avec vous autres.

ANDRÉE

J'enfermois vostre manchon et vos coëffes dans vostre armoi... dis-je, dans vostre garde-robbe.

LA COMTESSE

Appellez-moy ce petit fripon de Laquais.

ANDRÉE

Holà, Criquet!

LA COMTESSE

Laissez-là vostre Criquet, bouvière, et appellez : Laquais.

ANDRÉE

Laquais donc, et non pas Criquet, venez parler à Madame! — Je pense qu'il est sourd. — Criq... Laquais, Laquais!

CRIQUET

Plaist-il ?

LA COMTESSE

Où estiez-vous donc, petit coquin ?

CRIQUET

Dans la ruë, Madame.

LA COMTESSE

Et pourquoy dans la ruë ?

CRIQUET

Vous m'avez dit d'aller là-dehors.

LA COMTESSE

Vous estes un petit impertinent, mon amy, et vous devez sçavoir que là-dehors, en termes de personnes de qualité, veut dire l'antichambre. — Andrée, ayez soin tantost de faire donner le foüet à ce petit fripon-là, par mon Escuyer; c'est un petit incorrigible.

ANDRÉE

Qu'est-ce que c'est, Madame, que vostre Escuyer ? Est-ce Maistre Charles que vous appellez comme cela ?

LA COMTESSE

Taisez-vous, sotte que vous estes. Vous ne sçauriez ouvrir la bouche que vous ne disiez une impertinence.

— Des sièges ! — Et vous, allumez deux bougies
dans mes flambeaux d'argent, il se fait déjà tard. —
— Qu'est-ce que c'est donc que vous me regardez
toute effarée ?

ANDRÉE

Madame...

LA COMTESSE

Hé bien, Madame, qu'y-a-t-il ?

ANDRÉE

C'est que...

LA COMTESSE

Quoy ?

ANDRÉE

C'est que je n'ay point de bougie.

LA COMTESSE

Comment ? Vous n'en avez point ?

ANDRÉE

Non, Madame, si ce n'est des bougies de suif.

LA COMTESSE

La bouvière ! Et où est donc la cire que je fis acheter ces jours passez ?

ANDRÉE

Je n'en ay point veu depuis que je suis céans.

LA COMTESSE

Ostez-vous de-là, insolente! Je vous renvoyray chez
vos parens. Apportez-moy un verre d'eau. — *(Faisant des
cérémonies pour s'asseoir.)* Madame...

JULIE

Madame...

LA COMTESSE

Ah, Madame...

JULIE

Ah, Madame...

LA COMTESSE

Mon Dieu, Madame...

JULIE

Mon Dieu, Madame...

LA COMTESSE

Oh, Madame...

JULIE

Oh, Madame...

LA COMTESSE

Eh, Madame...

JULIE

Eh, Madame...

LA COMTESSE

Hé, allons donc, Madame...

JULIE

Hé, allons donc, Madame...

LA COMTESSE

Je suis chez moy, Madame. Nous sommes demeu-
reez d'accord de cela. Me prenez-vous pour une Pro-
vinciale, Madame ?

JULIE

Dieu m'en garde, Madame.

LA COMTESSE

— Allez, impertinente. Je bois avec une soûcoupe.
Je vous dis que vous m'alliez quérir une soûcoupe
pour boire.

ANDRÉE

Criquet, qu'est-ce que c'est qu'une soûcoupe ?

CRIQUET

Une soûcoupe ?

ANDRÉE

Oüy.

CRIQUET

Je ne sçay.

LA COMTESSE

Vous ne vous grouillez pas ?

ANDRÉE

Nous ne sçavons, tous deux, Madame, ce que c'est qu'une soûcoupe.

LA COMTESSE

Apprenez que c'est une assiette, sur laquelle on met le verre. — Vive Paris pour estre bien servie, on vous entend-là au moindre coup d'œil! — Hé bien! Vous ay-je dit comme cela, teste de bœuf? C'est dessous qu'il faut mettre l'assiette.

ANDRÉE

Cela est bien aisé.

Andrée casse le verre.

LA COMTESSE

Hé bien, ne voilà pas l'étourdie? En vérité, vous me payerez mon verre.

ANDRÉE

Hé bien, oüy, Madame, je le payeray.

LA COMTESSE

Mais voyez cette mal adroite, cette bouvière, cette butorde, cette...

ANDRÉE *s'en allant.*

Dame, Madame, si je le paye, je ne veux point estre querellée.

XXIX. 3

LA COMTESSE

Ostez-vous de devant mes yeux! — En vérité, Madame, c'est une chose étrange que les petites Villes; on n'y sçait point du tout son monde, et je viens de faire deux ou trois visites, où ils ont pensé me désespérer par le peu de respect qu'ils rendent à ma qualité.

JULIE

Où auroient-ils appris à vivre? Ils n'ont point fait de voyage à Paris!

LA COMTESSE

Ils ne laisseroient point de l'apprendre s'ils vouloient écouter les personnes; mais le mal que j'y trouve, c'est qu'ils veulent en sçavoir autant que moy, qui ay esté deux mois à Paris, et veu toute la Cour.

JULIE

Les sottes gens que voilà!

LA COMTESSE

Ils sont insupportables, avec les impertinentes égalitez dont ils traitent les gens. Car, enfin, il faut qu'il y ait de la subordination dans les choses; et ce qui me met hors de moy, c'est qu'un Gentil-homme de Ville, de deux jours ou de deux cens ans, aura l'effronterie de dire qu'il est aussi bien Gentil-homme que feu

Monsieur mon mary, qui demeuroit à la campagne,
qui avoit meute de chiens courans, et qui prenoit la
qualité de Comte dans tous les Contracts qu'il passoit.

JULIE

On sçait bien mieux vivre à Paris dans ces Hostels
dont la mémoire doit estre si chère. Cet Hostel de
Mouhy, Madame, cet Hostel de Lyon, cet Hostel de
Hollande, les agréables demeures que voilà!

LA COMTESSE

Il est vray qu'il y a bien de la différence de ces lieux-
là à tout cecy. On y voit venir du beau monde, qui
ne marchande point à vous rendre tous les respects
qu'on sçauroit soûhaiter. On ne se lève pas, si l'on
veut, de dessus son siège, et, lorsque l'on veut voir la
reveuë, ou le grand Ballet de *Psiché*, on est servie à
point nommé.

JULIE

Je pense, Madame, que durant vostre séjour à Paris
vous avez bien fait des conquestes de qualité?

LA COMTESSE

Vous pouvez bien croire, Madame, que tout ce qui
s'appelle les galans de la Cour n'a pas manqué de
venir à ma porte, et de m'en conter; et je garde, dans
ma cassette, de leurs billets, qui peuvent faire voir

quelles propositions j'ay refusées. Il n'est pas nécessaire de vous dire leurs noms ; on sçait ce qu'on veut dire par les galans de la Cour.

JULIE

Je m'étonne, Madame, que, de tous ces grands noms que je devine, vous ayez pû redescendre à un Monsieur Tibaudier, le Conseiller, et à Monsieur Harpin, le Receveur des Tailles. La chûte est grande, je vous l'avoue ; car, pour Monsieur vostre Vicomte, quoy que Vicomte de Province, c'est toujours un Vicomte, et il peut faire un voyage à Paris, s'il n'en a point fait ; mais un Conseiller et un Receveur sont des Amans un peu bien minces, pour une grande Comtesse comme vous.

LA COMTESSE

Ce sont gens qu'on ménage, dans les Provinces, pour le besoin qu'on en peut avoir ; ils servent au moins à remplir les vuides de la galanterie, à faire nombre de soûpirans ; et il est bon, Madame, de ne pas laisser un Amant seul maistre du terrain, de peur que, faute de Rivaux, son amour ne s'endorme sur trop de confiance.

JULIE

Je vous avoue, Madame, qu'il y a merveilleusement à profiter de tout ce que vous dites. C'est une école

que vostre conversation, et j'y viens tous les jours
apprendre quelque chose.

SCÈNE III

CRIQUET, LA COMTESSE, JULIE, ANDRÉE
JEANNOT

CRIQUET

Voilà Jeannot, de Monsieur le Conseiller, qui vous
demande, Madame.

LA COMTESSE

Hé bien, petit coquin, voilà encore une de vos asne-
ries. Un Laquais qui sçauroit vivre auroit esté parler
tout bas à la Demoiselle suivante, qui seroit venuë
dire tout doucement à l'oreille de sa Maistresse :
« Madame, voilà le Laquais de Monsieur un tel, qui
demande à vous dire un mot », à quoy la Maistresse
auroit répondu : « Faites-le entrer. »

CRIQUET

Entrez, Jeannot.

LA COMTESSE

Autre lourderie ! — Qu'y a-t-il, Laquais ? Que portes-
tu là ?

JEANNOT

C'est Monsieur le Conseiller, Madame, qui vous souhaite le bon jour, et, auparavant que de venir, vous envoye des poires de son jardin, avec ce petit mot d'écrit.

LA COMTESSE

C'est du Bonchrestien, qui est fort beau. — Andrée, faites porter cela à l'office. — Tien, mon enfant, voilà pour boire!

JEANNOT

Oh, non, Madame!

LA COMTESSE

Tien, te dis-je.

JEANNOT

Mon Maistre m'a défendu, Madame, de rien prendre de vous.

LA COMTESSE

Cela ne fait rien.

JEANNOT

Pardonnez-moy, Madame.

CRIQUET

Hé, prenez, Jeannot! Si vous n'en voulez pas, vous me le baillerez.

LA COMTESSE

Dy à ton Maistre que je le remercie.

CRIQUET

Donne-moy donc cela.

JEANNOT

Oüy ? quelque sot !

CRIQUET

C'est moy qui te l'ay fait prendre.

JEANNOT

Je l'aurois bien pris sans toy.

LA COMTESSE

Ce qui me plaist de ce Monsieur Tibaudier, c'est qu'il sçait vivre avec les personnes de ma qualité, et qu'il est fort respectueux.

SCÈNE IV

LE VICOMTE, LA COMTESSE, JULIE, CRIQUET ANDRÉE

LE VICOMTE

Madame, je viens vous avertir que la Comédie sera bien tost preste, et que, dans un quart-d'heure, nous pouvons passer dans la Salle.

LA COMTESSE

Je ne veux point de cohuë au moins. — Que l'on dise à mon Suisse qu'il ne laisse entrer personne.

LE VICOMTE

En ce cas, Madame, je vous déclare que je renonce à la Comédie, et je n'y sçaurois prendre de plaisir, lorsque la compagnie n'est pas nombreuse. Croyez-moy : si vous voulez vous bien divertir, qu'on dise à vos gens de laisser entrer toute la Ville.

LA COMTESSE

Laquais, un siège. — Vous voilà venu à propos pour recevoir un petit sacrifice que je veux bien vous faire. Tenez, c'est un billet de Monsieur Tibaudier, qui m'envoye des poires. Je vous donne la liberté de le lire tout haut. Je ne l'ay point encore vû.

LE VICOMTE

Voici un billet de beau style, Madame, et qui mérite d'estre bien écouté. *(Il lit :)*

Madame, je n'aurois pas pu vous faire le présent que je vous envoye, si je ne recüeillois pas plus de fruit de mon Jardin que j'en recüeille de mon amour.

LA COMTESSE

Cela vous marque clairement qu'il ne se passe rien entre-nous.

Les poires ne sont pas encore bien meures, mais elles ne quadrent mieux avec la dureté de vostre ame, qui, par ses continuels dédains, ne me promet pas poires molles. Trouvez-bon, Madame, que, sans m'engager dans une énumération de vos perfections et charmes, qui me jetteroit dans un progrès à l'infiny, je concluë ce mot, en vous faisant considérer que je suis d'un aussi franc Chrestien que les poires que je vous envoye, puisque je rends le bien pour le mal ; c'est à dire, Madame, pour m'expliquer plus intelligiblement, puisque je vous présente des poires de bonchrestien pour des poires d'angoisse que vos cruautez me font avaler tous les jours.

TIBAUDIER, vostre Esclave indigne.

LE VICOMTE *continue :*

Voilà, Madame, un billet à garder.

LA COMTESSE

Il y a peut-estre quelque mot qui n'est pas de l'Académie; mais j'y remarque un certain respect qui me plaist beaucoup.

JULIE

Vous avez raison, Madame, et, Monsieur le Vicomte deust-il s'en offenser, j'aymerois un homme qui m'é-criroit comme cela.

SCÈNE V

Monsieur TIBAUDIER, LE VICOMTE, LA COMTESSE
JULIE, ANDRÉE, CRIQUET

LA COMTESSE

Approchez, Monsieur Tibaudier! Ne craignez point
d'entrer! Vostre billet a esté bien reçeu, aussi bien
que vos poires, et voilà Madame qui parle pour vous
contre vostre Rival.

Monsieur TIBAUDIER

Je luy suis bien obligé, Madame, et, si elle a jamais
quelque procès en notre Siège, elle verra que je n'oubliray pas l'honneur qu'elle me fait de se rendre, auprès
de vos beautez, l'Avocat de ma flâme.

JULIE

Vous n'avez pas besoin d'Avocat, Monsieur, et
vostre cause est juste.

Monsieur TIBAUDIER

Ce néanmoins, Madame, bon droit a besoin d'ayde,
et j'ay sujet d'appréhender de me voir suplanté par
un tel Rival, et que Madame ne soit circonvenue par
la qualité de Vicomte.

LE VICOMTE

J'espérois quelque chose, Monsieur Tibaudier, avant vostre billet ; mais il me fait craindre pour mon amour.

Monsieur TIBAUDIER

Voicy encore, Madame, deux petits Versets, ou couplets, que j'ai composez à votre honneur et gloire.

LE VICOMTE

Ah, je ne pensois pas que Monsieur Tibaudier fust Poëte ; et voilà pour m'achever, que ces deux petits Versets-là !

LA COMTESSE

Il veut dire deux Strophes. — (*A Criquet.*) Laquais, donnez un siège à Monsieur Tibaudier. — Un pliant, petit animal ! — Monsieur Tibaudier, mettez-vous-là, et nous lisez vos Strophes.

Monsieur TIBAUDIER

Une personne de qualité
Ravit mon âme ;
Elle a de la beauté,
J'ay de la flâme.
Mais je la blâme
D'avoir de la fierté.

LE VICOMTE

Je suis perdu après cela.

LA COMTESSE

Le premier Vers est beau : *Une personne de qualité.*

JULIE

Je crois qu'il est un peu trop long, mais on peut prendre une licence pour dire une belle pensée.

LA COMTESSE *à M. Tibaudier.*

Voyons l'autre Strophe.

Monsieur TIBAUDIER

Je ne sçay pas si vous doutez de mon parfait amour ;
*   Mais je sçay bien que mon cœur, à toute heure,*
*   Veut quitter sa chagrine demeure,*
Pour aller, par respect, faire au vostre sa Cour.
Après cela, pourtant, seure de ma tendresse
*   Et de ma foy, dont unique est l'espèce,*
*   Vous devriez, à vostre tour,*
*   Vous contentant d'estre Comtesse,*
Vous dépoüiller, en ma faveur, d'une peau de tigresse,
Qui couvre vos appas, la nuit comme le jour.

LE VICOMTE

Me voilà supplanté, moy, par Monsieur Tibaudier !

LA COMTESSE

Ne pensez pas vous mocquer ! Pour des Vers faits dans la Province, ces Vers-là sont fort beaux.

LE VICOMTE

Comment, Madame ? Me mocquer. Quoy que son Rival, je trouve ces Vers admirables, et ne les appelle pas seulement deux Strophes, comme vous, mais deux Epigrammes, aussi bonnes que toutes celles de Martial.

LA COMTESSE

Quoy, Martial fait-il des Vers ? Je pensois qu'il ne fist que des gans ?

Monsieur TIBAUDIER

Ce n'est pas ce Martial-là, Madame. C'est un autheur, qui vivoit il y a trente ou quarante ans.

LE VICOMTE

Monsieur Tibaudier a leu les Autheurs, comme vous le voyez. — Mais allons voir, Madame, si ma Musique et ma Comédie, avec mes entrées de Ballet, pourront combatre dans vostre esprit les progrès des deux Strophes et du billet que nous venons de voir.

LA COMTESSE

Il faut que mon Fils le Comte soit de la partie ; car il est arrivé, ce matin, de mon Chasteau avec son Précepteur, que je voy là dedans.

SCÈNE VI

LA COMTESSE, JULIE, LE VICOMTE
Monsieur TIBAUDIER, Monsieur BOBINET, CRIQUET

LA COMTESSE

Hola, Monsieur Bobinet, Monsieur Bobinet ; approchez-vous du monde !

Monsieur BOBINET

Je donne le bon Vespres à toute l'honorable compagnie. Que desire Madame la Comtesse d'Escarbagnas de son très-humble Serviteur Bobinet ?

LA COMTESSE

A quelle heure, Monsieur Bobinet, êtes-vous party d'Escarbagnas, avec mon Fils le Comte ?

Monsieur BOBINET

A huit heures trois quarts, Madame, comme vostre commandement me l'avoit ordonné.

LA COMTESSE

Comment se portent mes deux autres Fils, le Marquis et le Commandeur ?

Monsieur BOBINET

Ils sont, Dieu grâce, Madame, en parfaite santé.

LA COMTESSE

Où est le Comte ?

Monsieur BOBINET

Dans vostre belle chambre à alcôve, Madame.

LA COMTESSE

Que fait-il, Monsieur Bobinet ?

Monsieur BOBINET

Il compose un Thême, Madame, que je viens de luy dicter sur une Epistre de Cicéron.

LA COMTESSE

Faites-le venir, Monsieur Bobinet.

Monsieur BOBINET

Soit fait, Madame, ainsi que vous le commandez.

LE VICOMTE

Ce Monsieur Bobinet, Madame, a la mine fort sage ; et je croy qu'il a de l'esprit.

SCÈNE VII

LA COMTESSE, LE VICOMTE, JULIE, LE COMTE
Monsieur BOBINET
Monsieur TIBAUDIER, ANDRÉÉ, CRIQUET

Monsieur BOBINET

Allons, Monsieur le Comte, faites voir que vous

profitez des bons documens qu'on vous donne. — La révérence à toute l'honneste assemblée.

LA COMTESSE *montrant Julie.*

Comte, saluez Madame; faites la révérence à Monsieur le Vicomte; saluez Monsieur le Conseiller.

MONSIEUR TIBAUDIER

Je suis ravy, Madame, que vous me concédiez la grâce d'embrasser Monsieur le Comte, vostre Fils. On ne peut pas aymer le tronc qu'on n'ayme aussi les branches.

LA COMTESSE

Mon Dieu, Monsieur Tibaudier, de quelle comparaison vous servez-vous-là!

JULIE

En vérité, Madame, Monsieur le Comte a tout à fait bon air.

LE VICOMTE

Voilà un jeune Gentil-homme qui vient bien dans le monde.

JULIE

Qui diroit que Madame eust un si grand enfant!

LA COMTESSE

Hélas, quand je le fis, j'estois si jeune que je me jouois encore avec une poupée!

JULIE

C'est Monsieur vostre Frère, et non pas Monsieur
vostre Fils.

LA COMTESSE

Monsieur Bobinet, ayez bien soin, au moins, de son
éducation.

Monsieur BOBINET

Madame, je n'oubliray aucune chose pour cultiver
cette jeune plante, dont vos bontez m'ont fait l'honneur
de me confier la conduite, et je tâcheray de luy incul-
quer les semences de la vertu.

LA COMTESSE

Monsieur Bobinet, faites-luy un peu dire quelque
petite galanterie de ce que vous luy apprenez.

Monsieur BOBINET

Allons, Monsieur le Comte, récitez vostre leçon
d'hier au matin.

LE COMTE

Omne viro soli quod convenit esto virile; Omne viri...

LA COMTESSE

Fy, Monsieur Bobinet, quelles sottises est-ce que
vous luy apprenez-là ?

Monsieur BOBINET

C'est du Latin, Madame, et la première règle de
Jean Despautère.

XXIX.   5

LA COMTESSE

Mon Dieu, ce Jean Despautère-là est un insolent, et je vous prie de luy enseigner du Latin plus honneste que celuy-là.

Monsieur BOBINET

Si vous voulez, Madame, qu'il achève, la glose expliquera ce que cela veut dire.

LA COMTESSE

Non, non ; cela s'explique assez.

CRIQUET

Les Comédiens envoyent dire qu'ils sont tout prests.

LA COMTESSE

Allons nous placer. — Monsieur Tibaudier, prenez Madame !

LE VICOMTE

Il est nécessaire de dire que cette Comédie n'a esté faite que pour lier ensemble les différens morceaux de Musique et de danse, dont on a voulu composer ce divertissement, et que...

LA COMTESSE

Mon Dieu, voyons l'affaire. On a assez d'esprit pour comprendre les choses.

LE VICOMTE

Qu'on commence le plûtost qu'on pourra, et qu'on

empesche, s'il se peut, qu'aucun facheux ne vienne troubler nostre divertissement.

Après que les Violons ont un peu joué et que toute la Compagnie est assise.

SCÈNE VIII

LA COMTESSE, LE COMTE, LE VICOMTE, JULIE
Monsieur HARPIN, Monsieur TIBAUDIER *aux pieds de la
Comtesse*, Monsieur BOBINET, ANDRÉE

Monsieur HARPIN

Parbleu, la chose est belle, et je me réjouis de voir ce que je voy.

LA COMTESSE

Holà, Monsieur le Receveur, que voulez-vous donc dire avec l'action que vous faites ? Vient-on interrompre, comme cela, une Comédie ?

Monsieur HARPIN

Morbleu, Madame, je suis ravy de cette aventure, et cecy me fait voir ce que je doy croire de vous, et l'assurance qu'il y a au don de vostre cœur, et aux sermens que vous m'avez faits de sa fidélité.

LA COMTESSE

Mais vrayment! On ne vient point ainsi se jetter au travers d'une Comédie et troubler un Acteur qui parle.

Monsieur HARPIN

Eh! teste-bleu, la véritable Comédie qui se fait icy, c'est celle que vous joüez, et, si je vous trouble, c'est dequoy je me soucie peu.

LA COMTESSE

En vérité, vous ne sçavez ce que vous dites.

Monsieur HARPIN

Si fait, morbleu, je le sçay bien ; je le sçay bien, morbleu, et...

LA COMTESSE

Eh, fy, Monsieur, que cela est vilain de jurer de la sorte !

Monsieur HARPIN

Eh, ventrebleu, s'il y a icy quelque chose de vilain, ce ne sont point mes juremens, ce sont vos actions, et il vaudroit bien mieux que vous jurassiez, vous, *la teste, la mort* et *le sang*, que de faire ce que vous faites avec Monsieur le Vicomte.

LE VICOMTE

Je ne sçay pas, Monsieur le Receveur, dequoy vous vous plaignez, et si...

Monsieur HARPIN

Pour vous, Monsieur, je n'ay rien à vous dire. Vous faites bien de pousser vostre pointe ; cela est naturel ;

je ne le trouve point étrange, et je vous demande pardon si j'interromps vostre Comédie ; mais vous ne devez point trouver étrange aussi que je me plaigne de son procédé, et nous avons raison.tous deux de faire ce que nous faisons.

LE VICOMTE

Je n'ay rien à dire à cela, et je ne sçay point les sujets de plaintes que vous pouvez avoir contre Madame la Comtesse d'Escarbagnas.

LA COMTESSE

Quand on a des chagrins jaloux, on n'en use point de la sorte, et l'on vient doucement se plaindre à la personne que l'on ayme.

Monsieur HARPIN

Moy, me plaindre doucement ?

LA COMTESSE

Oüy. L'on ne vient point crier, de dessus un Théâtre, ce qui se doit dire en particulier.

Monsieur HARPIN

J'y viens, moy, morbleu, tout exprès ! C'est le lieu qu'il me faut, et je soûhaiterois que ce fust un Théâtre public, pour vous dire, avec plus d'éclat, toutes vos véritez.

LA COMTESSE

Faut-il faire un si grand vacarme pour une Comédie que Monsieur le Vicomte me donne? Vous voyez que Monsieur Tibaudier, qui m'ayme, en use plus respectueusement que vous.

Monsieur HARPIN

Monsieur Tibaudier en use comme il luy plaist. Je ne sçay pas de quelle façon Monsieur Tibaudier a esté avec vous; mais Monsieur Tibaudier n'est pas un exemple pour moy, et je ne suis point d'humeur à payer les Violons pour faire danser les autres.

LA COMTESSE

Mais, vrayment, Monsieur le Receveur, vous ne songez pas à ce que vous dites. On ne traite point de la sorte les Femmes de qualité, et ceux qui vous entendent croiroient qu'il y a quelque chose d'étrange entre vous et moy.

Monsieur HARPIN

Hé, ventrebleu, Madame, quittons la faribole!

LA COMTESSE

Que voulez-vous donc dire avec vostre : *Quittons la faribole ?*

Monsieur HARPIN

Je veux dire que je ne trouve point étrange que

vous vous rendiez au mérite de Monsieur le Vicomte.
Vous n'estes pas la première femme qui joüe, dans le
monde, de ces sortes de caractères, et qui ait auprès
d'elle un Monsieur le Receveur, dont on luy voit trahir
et la passion, et la bourse, pour le premier venu qui
luy donnera dans la veuë. Mais ne trouvez pas étrange
aussi que je ne sois point la dupe d'une infidélité si
ordinaire aux coquettes du temps, et que je vienne
vous assurer, devant bonne compagnie, que je romps
commerce avec vous, et que Monsieur le Receveur ne
sera plus pour vous Monsieur le donneur.

LA COMTESSE

Cela est merveilleux comme les Amans emportez
deviennent à la mode ! On ne voit autre chose de tous
côtez. Là, là, Monsieur le Receveur, quittez vostre
colère, et venez prendre place pour voir la Comédie !

Monsieur HARPIN

Moy, morbleu, prendre place ! Cherchez vos benêts
à vos pieds. Je vous laisse, Madame la Comtesse, à
Monsieur le Vicomte, et ce sera à luy que j'envoyray
tantost vos lettres. — Voilà ma scène faite, voilà mon
rôle joué. Serviteur à la compagnie.

Monsieur TIBAUDIER

Monsieur le Receveur, nous nous verrons autre part

qu'y-cy, et je vous feray voir que je suis au poil et à la plume.

MONSIEUR HARPIN

Tu as raison, Monsieur Tibaudier.

LA COMTESSE

Pour moy, je suis confuse de cette insolence.

LE VICOMTE

Les jaloux, Madame, sont comme ceux qui perdent leur procès; ils ont permission de tout dire. Prestons silence à la Comédie.

SCÈNE DERNIÈRE

LA COMTESSE, LE VICOMTE, LE COMTE, JULIE
MONSIEUR TIBAUDIER, ANDRÉE, JEANNOT
MONSIEUR BOBINET, CRIQUET

JEANNOT

Voilà un billet, Monsieur, qu'on nous a dit de vous donner viste.

LE VICOMTE *lit :*

En cas que vous ayez quelque mesure à prendre, je vous envoye promptement un avis. La querelle de vos Parens et de ceux de Julie vient d'estre accommodée; et les conditions de cet accord, c'est le Mariage de vous et d'elle. Bon soir.

Ma foy, Madame, voilà nostre Comédie achevée
aussi.

JULIE

Ah, Cléante, quel bon-heur! Nostre, amour eust-il
osé espérer un si heureux succès ?

LA COMTESSE

Comment donc ? Qu'est-ce que cela veut dire ?

LE VICOMTE

Cela veut dire, Madame, que j'épouse Julie, et, si
vous m'en croyez, pour rendre la Comédie complette
de tout point, vous épouserez Monsieur Tibaudier, et
donnerez Mademoiselle Andrée à son Laquais, dont
il fera son Valet de chambre.

LA COMTESSE

Quoy! jouer de la sorte une personne de ma qualité ?

LE VICOMTE

C'est sans vous offençer, Madame, et les Comédies
veulent de ces sortes de choses.

LA COMTESSE

Oüy, Monsieur Tibaudier, je vous épouse, pour
faire enrager tout le monde.

MONSIEUR TIBAUDIER

Ce m'est bien de l'honneur, Madame.

XXIX.   6

LE VICOMTE

Souffrez, Madame, qu'en enrageant, nous puissions voir icy le reste du spectacle.

LA COMTESSE
D'ESCARBAGNAS

EXPLICATION DES PLANCHES

NOTICE. — En-tête. Bande ornementale formée de rinceaux. Dans l'écusson central, un ridicule d'où sortent des plumes de paon.

— Lettre L. Dans la lettre, un singe tenant une couronne au-dessus de sa tête, et occupé à se contempler dans un petit miroir.

— Cul-de-lampe. Dans un encadrement de rinceaux, deux petits amours, dont l'un est déguisé en abbé-poëte.

FAUX TITRE. — *La comtesse d'Escarbagnas, comédie.* Encadrement de rinceaux, de feuilles et de fleurs. Dans le haut, une tête ailée.

GRAND TITRE — L'encadrement figure le devant d'une scène, avec le rideau levé. Aux deux côtés, des piliers entourés de guirlandes. Dans le haut, entre deux figures ailées, assises et tenant des masques, une boule ornée de trois fleurs de lys, et supportant une couronne royale. Sur le fonds, tapissé de fleurs de lys, deux lustres destinés à éclairer la scène.

CADRE DES PERSONNAGES. — Encadrement formé de guirlandes et de rinceaux.

GRANDE PLANCHE. — Scène VIII. Devant Julie et le valet Criquet, qui ont peine tous deux à s'empêcher de rire, la comtesse d'Escarbagnas, reproche à sa servante Andrée de lui avoir apporté un verre d'eau sans soucoupe.

— En-tête de la pièce. Scène I. La comtesse d'Escarbagnas s'avance au-devant de Julie pour lui faire accueil. Le petit Criquet la suit, portant la queue de sa robe.

— Lettre H. Scène I. Julie, arrivée la première chez la comtesse, fait honte à son amant de venir si tard.

— Cul-de-lampe. Scène XIX. Le précepteur Bobinet ayant interrogé son petit élève, en présence de sa mère, de Julie, du vicomte et de M. Tibaudier, et l'enfant ayant répondu par deux vers latins, la comtesse croit entendre des paroles inconvenantes, et s'indigne des « sottises » que M. Bobinet apprend à son fils.

Achevé d'imprimer a Évreux
Par Charles Hérissey
Le vingt-cinq Septembre Mil huit cent quatre-vingt-seize

Pour le compte
de la Société du *Molière Illustré*

www.ingramcontent.com/pod-product-compliance
Ingram Content Group UK Ltd.
Pitfield, Milton Keynes, MK11 3LW, UK
UKHW021647130726
13696UKWH00004B/1468